你好嗎？

18則關於自我認同與人際關係的動物童話

敦・德勒根 Toon Tellegen 著

김소라 Sora Kim 繪　　郭騰傑 譯

Een hart onder de riem

本書故事來自於《也許他們都知道》（*Misschien wisten zij alles*，直譯）、

《蛋糕之書》（*Taartenboek*，直譯） 和

《學發光的大象》（*Plotseling ging de olifant aan*，直譯）。

〈蟋蟀的願望〉、〈企鵝的生日〉和

〈被遺忘的土豚〉三篇故事，此前從未出版過。

目錄
contents

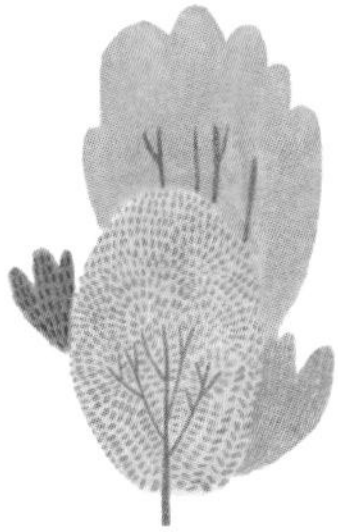

導讀

真正的長大，是為孩子展現魔法

愛智者書窩版主、諮商心理師　鐘穎

有一類童書是寫給孩子，有一類童書是寫給大人心中的孩子，這本《你好嗎？》大概屬於後者。

誰不曾跟河馬與蚱蜢那樣，想過交換人生？誰不曾和松鼠一樣在夜晚驚醒，想著以後會發生什麼事？或者希望自己在沮喪的時候，遙遠的大洋彼端能有一個陌生人給我們一聲溫暖的回應？

我不知道你是否曾想起孩提時候的家家酒，面對著草地上撿來的花草小石煮起一頓大餐，受邀者得大口嗯啊嗯啊地吃下。又或者踩在大石頭上，幻想地下全是岩漿，而自己和同伴踩著的，則是一艘能抵禦高溫的小船。

當敦．德勒根描述著大象、松鼠和烏龜在冬天所做的夏日想像時，我的心裡就想到了這個，或許作者跟我一樣，我們的想像力都源於古老古老的時代，源於大自然和如今不知所蹤的兒時朋友的陪伴。

人們總以為活出了自己的未來，但其實我們活出的是人類久遠的過去。

當生命越過中年時，這種感受亦發凸顯，只消凝視大海五分鐘，凝視孩子們的奔跑笑鬧，「習慣化」的心理機制放鬆，我們就會再次回到初衷。回到那個萬物有靈的孩提時代。

那時世界還很年輕，我們的爸媽也很年輕，那時樹會說話，山會說話，我也會說話，魔法依舊生動有效。隨著我們長大，那個被金黃色陽光包圍的年代也跟著消逝，取而代之的，是一疊一疊的報告和收不完的工作郵件。

曾經，對魔法的相信使我們急於長大，急於成為一位英雄。但魔法最終欺騙了我們，長大並不美好，而是各種失望，對世界失望，對自己失望。我們開始對童話嗤之以鼻，嘲笑它們是不成熟的東西。

但我們內在的魔法火苗卻未曾熄滅，它還引領著我們往回望，使生命在長長的上坡路之後再次下行，這次召喚我們的，是隱藏在心靈深處的遺跡。原來祭壇上面沒有巫師，森林裡頭沒有先知。

即便到了這一步，我們都不算長大。

真正的長大，是重建遺跡，戴上巫師帽，為孩子展現魔法。是的，關於魔法，孩子的任務是去相信它，大人的工作是去創造它。它會點燃我們心中另一個生命，相較於我們有限的一生，心中被我們點燃的生命卻是無限的。敦・德勒根所做的就是這個，每個喜歡兒童文學的朋友所熱愛的就是這個。我們所做的，就是將千萬年來人類對神祕事物的相信傳遞下去，那我們曾經相信，長大後卻遺忘的事物。

唯有如此，我們才能明白為何松鼠感到孤獨，土豚覺得絕望，夜鶯歌喉婉轉卻覺得自己還不夠完美，因為牠們就是我們內在的居民。牠們的感受就是我們的感受。

我們希望有人記得自己，希望自己的辛苦被看見，希望被安慰，希望別人肯定自己的才華，否則我們會認為自己是個冒牌者。

而故事中還有一個常見的描述是生日，書裡充滿了各種動物的生日故事。我們會使用類似的時間地標（temporal trademark）來啟動自己的生命，將壞的事物留在過去，重新儲值自己的心理帳戶。

在這樣的日子裡，我們渴望被朋友記得，哪怕企鵝住的地方是太冷了，哪怕牠告訴大家不用特地過來幫自己慶生沒關係，但，當然有關係。所以大家一起為牠送上遙遠的祝福。

土豚烤壞了生日蛋糕，傷心地要朋友不用來了，但牠希望能收到一些鼓勵自己的東西，收到禮物後，牠想起松鼠鼓勵牠的身影，終於，土豚的絕望慢慢淡去。

友情是幫助我們在這個世間抵擋絕望的武器。不只是絕望，還有沮喪、不滿和孤單。作者用盡各種方法告訴我們這一點，而這一點也和心理學的研究相符：友誼讓我們變得幸福。

因此我們有必要回頭檢視自己的生活，像個孩子一樣，總是念叨著自己學校裡的朋友。因為朋友會在中年後越來越少，而我們對身分地位的追求也會將他們越推越遠。

那時我希望你想起這本書，想起這本為孩子寫的故事。想起我們曾經這麼仰賴自己的父母，而今我們也成為了某個人的前輩、老師或者父母。

在安靜的夜裡，只要這些動物輾轉反側時，就會豎起耳朵聽那彷彿來自森林某處的聲音。在人的潛意識深處，就存在著這些聲音。但你得允許自己再次成為書中的小動物，那樣的可愛聰慧，那樣的美好單純。我的意思是，成為內心的孩子。

唯有如此，聽見那個聲音方屬可能。

那個聲音源於榮格心理學所稱的自性（Self），而自我（ego）與自性的關係，就如宗教典籍中，人與造物主的關係。這份關係經常面臨困難，因為我們「長大」了，不再相信有高過於我們的事物。

所以我們或者變得空虛，或者變得狂熱。我們不曉得自己的悵然若失源於何處，也不曉得他人為政治或意識形態的狂熱獻身是為了什麼。

因為這個理由，大人們或許該看看這本書，喚醒內在的孩子。

在住著動物的靜謐森林，在雀躍歡欣的生日宴會，暫時放下你的思維，你將再次以孩童的身分參與奧祕。

像故事裡頭等待他人寄信的松鼠，在心靈之母的臂彎中，安心睡去。

推薦序
你不是一個人喔

繪本星球 212-7 版主 藍依勤

有一回，一個久未見面的學妹恰好到我住家附近處理事情，約好忙完就碰面吃飯，雖然有重逢的喜悅，卻也在掛上電話後焦慮起聚餐時的社交負荷。就在接近約好的時間前，學妹突然傳了簡訊說行程臨時有變，要改日再約，老實說，讀完訊息的當下真的備感輕鬆，想歡呼「不必出門真好」。我並非不想赴約，想必如期見面也會相當愉快，但就是忍不住覺得，有那份想見面的心意就夠了。

不管是我這種矛盾的心情，還是拿捏不到準頭的人際距離，或是想替自己的存在意義和情緒狀態找到安放之地，種種試探和實驗全都收攏在敦・德勒根的筆下。有人低低吟唱我值得被愛嗎？有人在乎我嗎？有人怨懟無人思念，總是被關注的人卻設法轉移視線直至自我消融，有人集體示範逃避不可恥且有用，自我感覺良好或自我安慰也不啻為一帖良藥，有人變相討到拍拍，有人只能自己取暖。他以晶瑩清澈又犀利明快的短篇直戳內心，讀起來有種被說中的痛楚，但也油然生起「我不是唯一」的伙伴情感，總是邊讀邊小小聲嘆氣邊想拍拍書中小動物，噢，我也曾（正）那樣怯懦／傲嬌／自我防備／邊緣／搞不懂自己，我真的懂牠……

在這十八個短篇裡，特別引起我注意的是敦．德勒根頻繁使用生日和信件做為動物之間的互動舞台，有送錯禮物搞砸了別人的生日，也有因為不請自來上門慶祝的客人或是突發事件而「因禍得福」的。〈金眼斑虻的帽子〉雖然不以這兩項為脈絡，卻也特別以生日和寫信展示了技巧性的禮節和疏離：「每次只要有生日宴會他就遲到，但絕對不會是最後一個到的。他坐在最陰暗的角落，總是早早離開，但絕對不會是第一個離開的。他從不大聲唱歌，從不要求發言，也從不寫信。」雖然不確定敦．德勒根選擇的偏好，但是相對於一般情境，生日是個以熱鬧歡樂為焦點的場合，同時包括了慶祝方式、禮物和蛋糕，參加派對的人，壽星本人在當天能獲得的特別待遇，還有是否有人惦記這個特別的日子，以及願不願意專程出席生日聚會等等。種種特性能製造出強烈的對比，就像用大型聚光燈投射在那份無以自處的尷尬跟糾結上。

而信件雖然內斂，不如生日那樣外放，但它具有特定收件者的性質，也具備了高度的親密感，渴望收信的人洩露了自己的被需要和寂寞，寫信的一方在白紙黑字上斬釘截鐵大書特書對人際往來的各種宣言和欲望，精細展演了表露內心與防衛自己之間的拉鋸。敦．德勒根利用這兩種溫度不同的媒介，在含蓄與張揚之間勾勒出形形色色的真心話大冒險。但他又在其中揮起文字的魔杖，點綴輕巧的微光。就像〈蟋蟀的悲傷盒子〉裡不小心當成生日禮物送出的滿滿悲傷，「雖然巨大卻很溫和」，歡喜的場面轉瞬變得困窘，但就連流淚也顯得那樣低調安靜，甚至讓弄巧成拙的蟋蟀還能慶幸帶著的不是裝有憤怒的盒子，並且未雨綢繆，立刻將打算丟棄的憤怒細細撕碎，分散風險。

敦・德勒根還安排了許多有意思的「配角」，他們都帶有些不知情的意味，在別人的小劇場裡軋上一角。因為「不知情」，所以完全以自己的角度詮釋，對他人的狀態或問題或訊息並不深究，大抵也沒那麼關心，當然也不知道（或根本沒想到）自己的話語或行動會激起什麼樣的漣漪。而事主們也各自往自己想要的方向解讀，心思跟著搖擺。就像是有些故弄玄虛的天牛曖昧回答烏龜：「你有一點點快樂，也有一點點不快樂」後，就以趕時間為由急著離開，留下因此更鑽牛角尖的烏龜；想著有總比沒有好而簡單寫下「親愛的刺蝟，哈囉」的松鼠，絕對猜不到「親愛的」三個字修補了多大的空洞；撿到了真正的生日禮物且據為己有的天鵝，無視於蟋蟀的痛苦神情，沾沾自喜炫耀並得寸進尺幻想……敦．德勒根在這些互動中並不追求真正接上線的對話，而是在這些陰錯陽差之間，點出各式各樣的傷害和撫慰。我們都可能在無意間多補上一刀或是送上正中紅心的溫柔，反之亦然。

找不到容身之處的時候，想要逃離的時候，小心翼翼伸出手等待他人回應的時候，覺得受了傷的時候……就來讀這本書吧，就算它不一定成為你的解方，至少會在你需要的那個時刻，輕聲告訴你：「你不奇怪，也不孤單。」我們也許害怕，也許笨拙，但我們都仍努力摸索那些讓人感到安心的希望。

1 沒人想起的松鼠

松鼠很傷心。風又從他身邊吹過，卻沒有捎來一封信。

沒有人想我，他想。而他自己卻想到了千百種動物。他想了螞蟻，想了河馬，想了蚊子，還想了水獺、獅子、喜鵲、熊、黃蜂、大象和麻雀。他想了所有的動物。他有漏掉誰嗎？

「你漏掉我了。」一個聲音說道。松鼠吃了一驚，向外望去。外頭下著

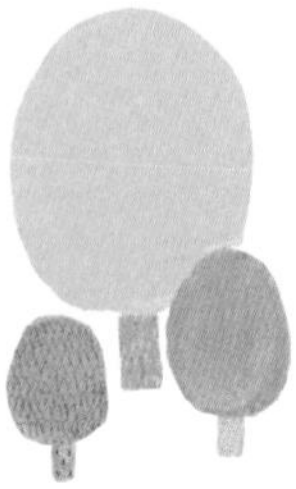

雨，沒有半點動物的影子。

「哈囉？」他喊道。

「哈囉。」那個聲音說道。

「你在哪裡？我是說，你是誰？」松鼠喊道。

「我在這裡。」

「這裡？」

這時，松鼠才看到夜鴞蹲在門邊一個黑暗的角落，全身蜷縮著。

「哦，是你呀，」松鼠說。

「你看，」夜鴞說。「我這幾天一直在想你，你卻沒有想到我！」

「你在想我？」

「對啊，想你！」夜鴞說。「自己看吧。」他展開兩邊翅膀。松鼠從一隻翅膀讀到另一隻翅膀：

哈囉松鼠，

你好嗎？我還好，或者說其實不太好，因為你從來沒有想過我。

你有時候會想到我嗎？

嗯，再見啦！

——夜鴞

然後，夜鴞收起翅膀，抖了幾下，再度展開翅膀。翅膀恢復一片潔白。

他帶著嚴肅而期待的眼光將一根樹枝遞給松鼠。於是，松鼠寫道：

親愛的夜鴞，

你知道嗎，我會一直都想你一下的。我的意思是從現在開始。

因為我喜歡你。

你會很快再寫信給我嗎？再見！

——松鼠

夜鴞小心翼翼地收起翅膀，然後騰空而起，飛走了。松鼠走進屋內，在靠窗的椅子上陷入了沉思。

2 想當蚱蜢的河馬

有一天，河馬厭倦了自己灰撲撲的顏色和笨重的身體，於是他去找蚱蜢，問他是否願意與自己交換。

「好呀，可以。」蚱蜢說。他想，如果能當一回肥滋滋的胖子，不用老是擔心自己被風吹走，那該有多好。而且，他覺得河馬能比自己吃得下更多蛋糕、糖果和蜂蜜，他很想體驗看看。

於是他們交換了。

那是美好的一天。太陽高高的掛在天空上，時不時有蒼鷺、天鵝或老鷹飛過。

「嘿，太棒了。」河馬一邊說，一邊輕輕地向後折起翅膀。他沿著林間小路輕盈地跳起舞來。真是輕而易舉，他想。他縱身一躍，甚至飛過了一叢灌木。然後，他坐在樺樹下，在陽光下伸展翅膀，讓溫暖的陽光照耀在他的背上。我想一直維持這樣，他想。

過了一會兒，螞蟻經過，看見他就這樣坐在那裡。

「哈囉，蚱蜢。」螞蟻說。

「哈哈，」河馬說。「哎呀，螞蟻，我知道這很容易讓人誤會。這不是你的錯。可是我不是蚱蜢，我是河馬。」

螞蟻揉了揉眼睛，又仔細看了看，他清了清嗓子，然後說道：「哦，所以你是河馬……」

「對，」河馬說。他縮回觸角，試著扣上綠色外套的釦子。「我和蚱蜢交換了。」

「哦！」螞蟻又說。

「是真的！」河馬嘰嘰喳喳地說。「螞蟻，你一定要相信我！」

螞蟻不知道該說什麼才好，於是繼續前進了。河馬突然感到一陣憂鬱，像被一團烏雲包圍住似的。我真的是河馬呀，他想。我看起來像蚱蜢，我可能還像蚱蜢一樣思考，但我是河馬。而且呀，這件衣服算什麼外套，根本扣不起來。還有那些觸角，我該用它們來感覺什麼？空氣嗎？河馬把觸角伸向空中。確實感覺到空氣了，他想。但這我早就知道啦。況且，空氣對我來說又有什麼用呢？

沒過多久，他開始朝著河流的方向飛去，一邊大聲埋怨著。就在森林邊緣，他差點撞上頂著長長的牙齒、正在那裡吃草的蚱蜢。

「我竟然覺得草很好吃，」蚱蜢說。「真是太可怕了。」

「嗯……」河馬說。「這裡的草真的很讚，但我現在沒有胃口……」

他們倆面面相覷。河馬摸索著鈕扣，想扣緊他的外套；蚱蜢則抓撓他的軀幹，感覺自己的皮膚無邊無際。

「呃……」河馬說。「要不要我們現在就……」

「好啊，沒問題，」蚱蜢說。

他們明白了彼此的意思，一瞬間便交換回原本的模樣，然後意味深長地握了握對方的手。

「謝謝。」

「謝謝。」

然後蚱蜢咻地飛走了，河馬則心滿意足地跳進河裡。

3 金眼斑虻的帽子

金眼斑虻最不想要的就是引人注目。他很討厭被別人注意。

他老是站在最後面。每次只要有生日宴會他就遲到，但絕對不會是最後一個到的。他坐在最陰暗的角落，總是早早離開，但絕對不會是第一個離開的。他從不大聲唱歌，從不要求發言，也從不寫信。

他住在白楊樹叢中，沒有人能看到他的房子。如果有人問起他住在哪，

他就會咕噥一些難以理解的話，聽起來像是「某個地方」。

如果他感到疼痛，就會咬住嘴唇，但絕對不會喊出「哎喲」。

他經常不安地搓著雙手，但動作總是十分輕柔，因為他不想被別人聽見或看到。

儘管如此，他還是很容易引起別人的注意。

別人看到他，都會驚訝地停下來說：「哈囉，金眼斑虻，你好嗎？」或是「你看，金眼斑虻在那裡，太好啦！」

有一天，他想到了一個辦法。如果我做一頂帽子戴上，他想，一頂非常奇怪的帽子，這樣每個人都會盯著那頂帽子看……如果那頂帽子很顯眼，那麼自己就不會吸引太多目光。

這個想法太棒了，他想，同時暗自向自己道賀。

他做好了帽子，然後將它戴在頭上。

從來沒有人戴過這麼奇特的帽子。動物們從四面八方湧向白楊樹，金眼斑虻坐在白楊樹下，帽子微微前傾，遮住了眼睛。

「真漂亮的帽子呀！」大家驚嘆道。

有些動物想摸摸帽子，可是金眼斑虻不喜歡這樣。他在帽子上掛了一個小牌子，上面寫著：

稀有帽子，請勿觸摸。

其他動物嗅了嗅這頂帽子、把耳朵貼近它，還帶來許多厚厚的書，書中記載了歷史上曾經出現過的所有帽子。但沒有一本書有收錄這頂金眼斑虻的帽子。

「真漂亮的帽子呀！真是漂亮呀！」大家不斷重複讚嘆著。金眼斑虻就這樣坐在帽子下面，帽子漸漸遮住了他的臉，然後蓋住全身。沒有人看他，也沒有人想到他。

他終於心滿意足地閉上眼睛睡著了。一個秋日的午後，他身上的帽子在夕陽的照耀下閃閃發光。

4 蟋蟀的悲傷盒子

生日那天，獅子收到了蟋蟀送的禮物，裝滿了悲傷，整整有一大盒。

獅子拆開禮物，立刻開始抽泣。

「哎呀，」蟋蟀大叫，「我搞錯了……」他用前腳摀住眼睛，後悔地倒在地上。

他出門時帶著兩個盒子：一個裝著要送給獅子的閃亮綠色外套，另一個裝著往日的悲傷。他打算把裝著悲傷的盒子丟進河裡，卻不小心把裝著綠色外套的盒子丟掉了。

一切都太遲了。獅子坐在橡樹下的角落裡哭泣，要求所有客人都走開，要他們忘記他的生日。蟋蟀把巨大的悲傷送給了他。「我太傷心了，」獅子喊道，「噢，我真是難過死了……」

蟋蟀睜大眼睛看著他說：「獅子，對不起，真是對不起呀……」

這個悲傷雖然巨大，卻很溫和。獅子搖晃著鬃毛，深深地嘆了口氣，用尾巴擦掉了臉頰上的幾滴眼淚。「蟋蟀，現在誰來都沒有用了。」他抽泣著，「誰都不能安慰我，誰都不能——」

過了一會兒，蟋蟀沿著河走回家時心想，我怎麼這麼傻，我就是不知道為什麼；如果我知道的話，那我其實並不傻。他皺了皺眉頭，又想：如果我本來就不傻，我又怎麼可能知道我其實並不傻。他停了下來，沉思片刻，然後沉重地繼續往前走。

天鵝穿著一件厚厚的綠色外套，在河灣裡游來游去。

「這件外套剛才就這樣從我身旁漂過去！」他對蟋蟀喊道。「它讓我看起來很優雅，對吧？」

蟋蟀垂下頭，盯著地面，緊緊抿住嘴巴，繼續往前走。

「現在我只差一頂帽子了！」天鵝高興地嚷嚷著。「一頂帶有羽飾的紅色帽子，就是我夢寐以求的生日禮物。這樣我才夠漂亮……」

從現在開始，一旦我悲傷完，就要把悲傷通通撕碎才行。幸好我沒有帶

著憤怒的盒子，因為我也得把它丟掉……萬一我不小心把它給了獅子，後果還真不堪設想……蟋蟀一邊想，一邊走進灌木叢。

回到家後，他拿起裝有往日憤怒的盒子，打開它，將憤怒撕成一千塊碎片，然後將它們一一埋進地底。

他想，如果有人找到其中一塊碎片，可能會發脾氣，但至少不會勃然大怒，更不會大發雷霆。

5 生病的松鼠

松鼠生病了，他躲在被子底下瑟瑟發抖。

螞蟻自認為很了解疾病，便檢查了松鼠的耳朵，說他看到耳朵深處有一個紅色的東西，看起來像一顆正在閃閃發光的寶石。

「有沒有可能這就是生病的原因？」他猜測地問。

「可是我的耳朵不痛。」松鼠說道，同時又往被窩裡躲得更深。

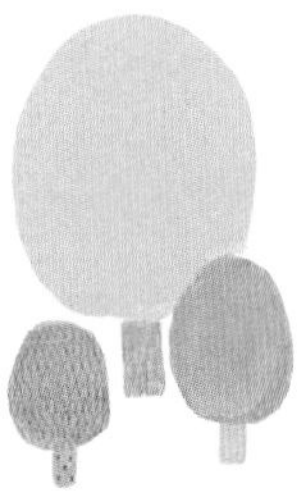

過了一會兒，蟋蟀捏住了松鼠的尾巴尖，表情嚴肅。

「哎喲！」松鼠驚叫著。

「啊哈！」蟋蟀說。「找到原因了。」

但松鼠搖搖頭，要螞蟻和蟋蟀走開。

他獨自一人躺在溫暖的床上好幾個小時，牙齒不斷地打顫。不知不覺天色暗了下來。松鼠睡著了，突然被一陣敲門聲驚醒。

「誰呀？」他問道。

「是我。」一個聲音說。

「誰？」

「我。」

有人進來了，但是房間裡實在太暗，松鼠看不清楚是誰。

「您是誰？」他問道。

「我。」那個聲音又說。松鼠不認得這個聲音。

「您想要做什麼？」

「你必須去旅行，」那個聲音說道。「你生病是因為你一直在生病。」

「但我根本不想旅行，」松鼠說。「旅行對我來說根本沒有什麼好處啊？」

「你就是得去。」那個聲音說道。

松鼠感到一陣風從敞開的門吹向他的床。他被高高舉起，然後被帶到其他地方。他飛越天空的頂端，看到下方有成千上萬的星星在閃爍，月亮在最底部變成了一個小小的黃色斑點。他的耳邊響起一種奇怪的哨聲，有時會被斷斷續續的句子打斷。

「……不在家，剛才還在……」這是螞蟻的聲音。

「……可能去找長頸鹿……」這是蟋蟀的聲音。

「……譫妄發作的話，那就代表快要好了……」這是大象的聲音。

「……也許他終於學會魔法了……」這好像是變色龍的聲音，他只在蜂鳥生日派對上聽過一次——還是抹香鯨的派對？他記不清了……

他再也聽不到聲音了，哨聲也越來越大。在一個晴朗的春日清晨，他噗的一聲輕輕地落在山毛櫸樹下的苔蘚上。

螞蟻很快就來到他身邊。

「你從床上掉下來了。」他一臉嚴肅地說。「而且不只這樣而已。」他補充道。

「沒想到最後你會出現在這裡，」蟋蟀氣喘吁吁地說，「真是太神奇了。」

松鼠點點頭。除了後腦勺腫了一個包以外，沒有別的地方不舒服。

6 刺蝟的信

「沒有人知道我住在哪裡！」刺猬一邊敲著自己的額頭一邊喊道。「難怪我從來沒有收到任何一封信！」

在灌木叢下，他坐在房間的角落，想著自己的孤獨。他並不是想跟誰見面，只是想聽聽別人的消息。

突然，他想到自己可以怎麼做了。他鼓起自己身上的刺，走到離灌木叢

不遠的樺樹前。他用自己其中一根最鋒利的刺，在樹皮上寫下：

請把給我的信投到這裡。

——刺猬

還畫了一個小箭頭指向他希望收信的地方：樺樹下的苔蘚裡。

他心滿意足地走回家。但他突然想到，有些人可能會還沒收到回音就主動前來拜訪，甚至不請自來。這對我來說太超過了，刺猬想。儘管他不知道對他來說怎麼做才不超過。

他回到樺樹旁，在公告旁加了一條附註：

只能寫信，不接受拜訪。

過了一會兒，當他快到家時，他想到經常會有人寄生日和其他派對的邀請信。他跑回樺樹旁，再加了一條附註：

也不要邀請我。

然後他滿意地搓了搓手，走回家，決定第二天一早再來看看有沒有信。

那天下午，松鼠恰巧路過樺樹，看到了刺猬的公告。

啊，他想，我真想去探望刺猬啊。我們不是無所不聊嗎……如果他明天來參加我的生日派對，該有多好啊！

但當他讀到下面的附註時，他就知道那是不可能的。他撿起一塊鬆垮的樺樹皮，想了很久以後才寫下：

親愛的刺猬，

哈囉！

——松鼠

他能想到的就這麼多，事實上他覺得這封信沒什麼內容。但儘管如此，他認為總比沒有信好，於是松鼠還是把信放進了樺樹下的苔蘚裡。

第二天早上，刺猬在那裡發現了這封信。

當他讀著信時，淚水在眼眶裡打轉。「親愛的刺猬」，他讀了一遍又一遍，親愛的刺猬，親愛的刺猬。我是一隻親愛的刺猬，他想。

為了不讓自己忘記，他把信插在額頭最下方的刺上，讓它可以一直掛在自己眼前。這樣一來，只要他開始懷疑自己是不是一隻「親愛的刺蝟」，就能隨時再讀一次。

那天晚上，他在灌木叢下的房間床上想著，能收到信真是太棒了。然後他睡著了，松鼠生日派對傳來的喧嘩聲，完全不妨礙他進入夢鄉。

7 多餘的白蟻

白蟻覺得一切都是多餘的。

他站在自己的房間裡，看著自己的桌子。這張桌子真是多餘啊！他想，便抬起桌子，搬到外頭，丟掉了。

他回到房間裡，又看了看自己的椅子。他想，這些椅子現在更是多餘，於是他也把它們通通丟掉了。

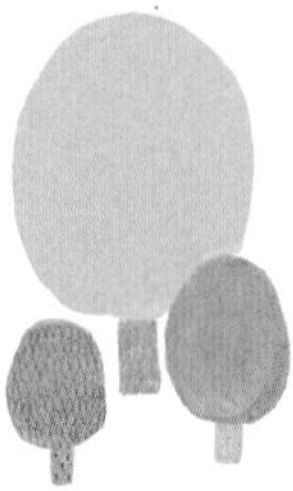

他一整天都忙著丟掉自己擁有的所有東西，他的櫃子、他的床、他的窗戶、他的門、他的牆壁、他的天花板、他的屋頂、他的地板——一個比一個更多餘。

到了最後，只剩下他自己了。他想把自己抬起來，卻摔倒在地，接著爬起來再試一次，但又摔倒了。我顯然還不夠多餘，他想。

他靜靜地躺著，抬起頭來。陽光明媚，天空蔚藍。白蟻很想把太陽和天空也丟掉，因為他覺得它們非常多餘。但他知道，要丟掉太陽和天空可是非常困難的。

於是他閉上眼睛，不想看見任何東西。

他就這樣躺著。突然傳來一陣聲響，他驚跳了起來，想找地方躲起來。

可是他根本無處可躲，因為就連他的閣樓、他的陰暗角落和他的祕密藏身處也都被他丟掉了。

「白蟻，生日快樂！」許多聲音同時喊道。「生日大快樂！」

白蟻這才看清楚，原來是動物們要為他慶祝生日。

他嘆了一口氣。所以今天是我的生日，他想。真是多餘啊！

動物們來到他身邊停下，每個人都給了他一份禮物，還很高興地拍著他的肩膀。白蟻點點頭，看了看禮物，然後把它們通通丟掉。

「謝謝你。」儘管他認為這個句子極其多餘，他還是一遍又一遍地說著。

就在動物們向他致意、送出禮物後，他們紛紛揚起眉毛看著他。

「怎麼啦？」白蟻問。

動物們什麼也沒說，只是眉毛抬得更高了。

白蟻突然懂了。蛋糕。他們想要吃蛋糕。

他迅速用一些沙子和空氣，烘烤出看起來像蛋糕的東西，然後將它放在動物們面前。

這個蛋糕什麼都不像，簡直就是一小片微不足道的麵包屑，但每個人都拿了一塊。他們沒有細細品嚐就囫圇吞下，而且每個人都說：「白蟻呀，這蛋糕真是可口！」

然後他們就去跳舞了。蟋蟀拉著白蟻走，還用一隻臂膀摟住了他的腰。

「我們一起跳舞真棒啊，白蟻。」過了一會兒蟋蟀低聲說道。

我們的跳舞真多餘啊，白蟻想說，他認為自己的心跳完全是多餘的，但他說：「是呀，蟋蟀，我們一起跳舞真棒啊……」

當太陽下山、星星開始在天空中閃爍時，他驚訝地發覺自己真心覺得跳舞很棒，而且很高興沒有人能把星星丟掉。

8 蟋蟀的願望

有一天，蟋蟀決定許下幾個願望，越多越好。他想，這樣的話，接下來很長一段時間我都有事情可做。他清了清嗓子，開始許願：

再也不必害怕。

對人說真話。只是，該對誰說呢？他開始思考。對甲蟲嗎？但我該對他說什麼呢？「真話」到底又是什麼？雖然他有許多疑惑，但還是決定許下這個願望。到時候再看著辦吧，他想。

出其不意地贏過別人。比方說，比青蛙還會呱呱叫，或者比熊還能大吃大喝，或者比螞蟻懂得更多。

大哭一場（但不是因為難過的事情，而是純粹想哭），淚流成河。然後在夏天日出時分坐上小船，在自己哭出來的那條河上揚帆遠航。

迷路一次。我從來不會迷路，他想。我總是知道自己在哪裡。我總能找到回去的路。但是，他從以前就不喜歡回去，也不喜歡知道自己在哪。

體會一次不怕冷的感覺。他想著，這樣我就可以去看企鵝了，而且還不必穿外套。

發出一次悅耳的啁啾聲。我的聲音如此悅耳動人，他想，會讓所有人都困惑不已，忍不住倒立起來、反穿外套、在晚上說早安，跑不動的也能跑起來（例如蝸牛），而且再也不想睡覺，就怕錯過我發出的啁啾聲。

我還想要……

只是，接下來蟋蟀想不出更多願望了。而且，他生怕自己許了太多願望，之後又會通通忘記。那樣的話，一切努力都泡湯了。

讓我從第一個願望開始吧，他想。他記得很清楚，「再也不必害怕。」

他深吸了一口氣，環顧四周，沒有害怕的感覺。

在一個春天的早晨，森林中央的椴樹下，他眼光閃爍著勇氣，無所畏懼地向前邁進。感覺真是太棒了，他想，然後深深地嘆了口氣。

9 有點快樂的烏龜

我不快樂，有天早上烏龜想著。

他被這個想法嚇到了，把頭縮進龜殼裡，心想：「我怎麼會有這種想法呢？我不快樂嗎？其實完全不會。我覺得我其實很快樂。」

但一想到這裡，他就感覺心裡有什麼東西在啃咬著。他知道這就是問題所在。於是他想，我到底快不快樂還有待觀察。

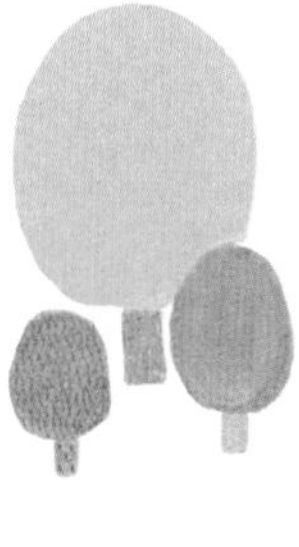

他再次探出頭來，希望自己開始想些別的事情。但不管他怎麼嘗試，都沒辦法。前一刻他還認為自己很幸福，下一刻他就陷入深深的鬱悶之中。

接下來好幾個小時，他就這樣不斷想著，一下搖頭否定自己的想法，一下又點頭同意自己。

接近中午的時候，天牛經過了烏龜所在的灌木叢。

「哈囉，天牛。」烏龜說。

「哈囉，烏龜。」天牛停下腳步說。

「天牛，呃……」烏龜小心翼翼地說，「你覺得我快樂嗎？」

「這個嘛，」天牛說。他繞著烏龜走了兩圈，要他躺下，四腳朝天。然後天牛把他舉起來，高高舉過頭頂，對著太陽。天牛瞇起了眼睛，陷入沉思。

烏龜屏息以待。

接著天牛又把他放下來，說道：「一點點快樂。你有點快樂。」

「哦，」烏龜說。「那不快樂呢？」

「也是一點點。和快樂差不多。」

烏龜還想追問，天牛卻說：「不，不，我趕時間。掰掰。」然後他就急著走了。

烏龜坐在灌木叢前思索了整個下午。所以我兩者都有一點。「有點」究竟是多少？

他知道有時候自己有點餓，或者有點熱。有時滿熱的。滿熱的和有點熱，是不是完全相同呢？他很納悶，想起了褪色的蒲公英和老樺樹的葉子，他覺得它們有點好吃，但也有點苦澀。

太陽下山後，他閉上眼睛，把頭藏進龜殼裡，向後退了一些，睡著了。

那天晚上，他夢見自己是一片雲，一片漆黑的雲，而且正在下雨。但他下的不是輕緩、柔和的雨，而是猛烈如鞭的雨。他看到地上的大象睜大了眼睛往上看，同時大聲喊道：「從來沒有下過這麼大的雨！」

烏龜繼續下雨，直到一點也不剩。然後他醒了。

太陽出來了。天空很藍。值得慶幸的是，烏龜不再思考自己是快樂還是不快樂，以及有多快樂或者有多不快樂。

他從灌木叢下走出來，開始用生日時收到的禮物擦亮龜殼。這是一件由樹枝、刷子和鉸鏈組成的工具，是蟋蟀自製的傑作。

過了一會兒他想，我現在閃閃發光。他幾乎可以肯定這點。太陽升到了森林的上空，烏龜開始漫步。在遠處，他看到了一株毛茛，他想要在傍晚之前走到那裡。

10 搞砸的土豚

特此通知你們，我搞砸了我的生日派對蛋糕。
所以別來了。
如果你們還想送我東西，請送一些能鼓勵我的東西。
我已經快絕望了。

——土豚

動物們看到森林上空升起了大量的濃煙，不久之前還聽到一陣延綿不絕的轟隆聲和幾聲爆炸。

他們面面相覷。

「就是啊，」他們說，「看來蛋糕……」

他們搖搖頭，想著土豚和他的絕望。每個人都做了一些鼓勵他的東西，寄去給他或者放在他家門口。

土豚身上還殘留著烤焦的蛋糕氣味。他打開禮物，看了一下，然後劇烈地抽泣了很久。

然後，他擦乾眼淚。他的絕望慢慢消失了，消失在灌木叢中，夜深以後，他的絕望已經遠遠消失在地平線之外了。他的腦海中浮現出從松鼠那裡收到的鼓舞人心的想法。那天晚上，在他上床睡覺之前，他甚至在冰冷的地板上跳了一會兒舞，還對自己說：「哈囉，土豚。哈囉哈囉。」

過了一會兒，當他把毯子拉過頭頂時，他想，也許我應該更常把事情搞砸。這個想法就像是一棵遭到暴風雨摧殘的空心樹所發出的喀啦聲。但在他進一步思索這個奇怪的想法之前，他就閉上了眼睛，睡著了。

11 想像遊戲

森林中央的地上有一個洞。一天早上，大象、松鼠和烏龜圍繞著洞口邊緣而坐。

大象在一塊樹皮寫下「往上看」三個大字。烏龜想要用龜殼邊緣側身站立。松鼠戴著一頂黃色的帽子，但帽子太小了，一直蹦開。

「我們爬到樹上怎麼樣，」大象說，「然後躲起來……」

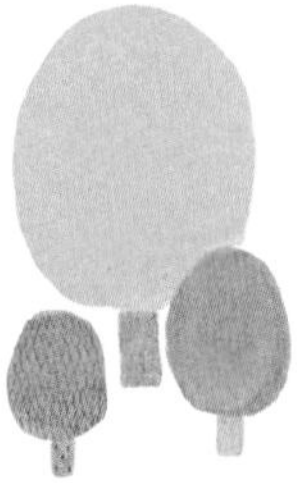

他已經寫到了「看」的最後幾筆劃。他考慮再畫一個箭頭，好讓每個人都知道這個標誌指向哪裡。

烏龜終於倚著龜殼的邊緣成功站起來。他屏住呼吸，低聲自語道：「噓。現在什麼都不要去想……」

但松鼠把帽子放在一邊，顫抖著說：「我們想像現在是夏天吧。」

「好。」其他人附和道。他們喜歡夏天，而且希望每天都是夏天。

「我想像現在正好有熱浪來襲。」大象說。

烏龜擦了擦額頭上的汗，又跌坐回地上。

「我想像，」松鼠說，「這是一座游泳池。」他指著地上的洞。

「小心！」大象叫道。他朝想像中的游泳池裡的動物揮手，還嘗試用鼻子吹出尖銳的哨聲。烏龜想像在洞的另一邊陰影裡，一隻蝸牛小心翼翼地將觸角伸入水中。

他們想像自己是救生員，每個人都在那裡游泳：甲蟲、刺猬、犀牛、獅子，甚至還有從地底下爬出來的鼴鼠。他們想像鼴鼠喊著：「熱死了，我快被烤焦啦！」然後就跳進水裡，濺起了奇怪的水花。

「他們想跳水。」烏龜說。

他們拿了一根小圓木，把它放在洞口邊緣。

「他們還想要真正的波浪。」大象說。

他們用灌木製造出波浪，然後把灌木放在洞的底部。

「他們還想要水面上閃閃發光。」松鼠說，接著他從一個埋在地下很久的小盒子裡取出亮片，然後把它們撒在波浪上。

「現在他們很滿意了。」大象說。

「是的。」其他人說。

他們仔細留意有沒有人溺水。今天天氣很冷，過了一會兒，太陽就消失在烏雲後面了。

「現在他們要上岸了。」烏龜說。

他們皺起眉頭，點點頭，然後把海浪、亮片和跳水板收了起來。

然後他們想起現在是冬天，天空開始飄雪。他們渾身顫抖，大象喊道：

「為什麼我不能只想著自己想要的東西呢？」

其他人都沉默了。

過了一會兒，烏龜清了清嗓子，說道：「我們可以想像今天是我們的生日嗎？」

沒多久，他們開始想像今天是他們的生日，互相道賀。他們想像中間有一塊巨大的蛋糕，糖霜像雪花一樣落下，還想像自己正在盡情地大吃大喝。

「我們現在想像自己快樂嗎？」烏龜小心翼翼地問。

「是的，」其他人說。「我們是這樣想像的沒錯。」

12 企鵝的生日

生日那天早上，企鵝收到了信件。

咦，賀卡是吧，他想。好喔。

但這些信其實是他所邀請的動物們寫的。他們告訴他，很遺憾無法前來參加他的生日。「由於你所在地區的天氣狀況。」他們寫道。

在企鵝四周，厚重的冰塊從黑色天空轟鳴而下，四周都結冰了，天上還

颳起暴風。

因為這裡的天氣狀況……企鵝想。嗯，是啦！這裡的天氣好像不是世界上最好的！這裡下雪、結冰、颳暴風，酷寒又陰森，蒼涼又貧脊……他們還想要什麼？這裡什麼都有！

他憤怒地爬上一座小冰丘，任由暴風雨迎面吹來，大喊著：「真是爛透了！」

但沒有人聽到他的聲音。

我很快就會感到溫暖了，他苦澀地想。他打開外套，讓雪覆蓋住自己的身體。

他就這樣坐在那裡慶祝自己的生日。他吃了一塊冰冷的蛋糕，嘴裡哼著刻薄的曲子。我早該知道會這樣，他想。

吃完蛋糕後，他向後躺臥，任憑鼻尖開始結冰。他慢慢開始享受自己的生日了。

在接近中午的時候，他想，其實事情有時也沒那麼糟。

無意間，他猛然跳了起來，對著暴風雨大喊道：「有時候還不錯！」

他的喊聲之大，連遙遠的森林，甚至沙漠和海洋裡的動物都能聽見他的聲音。

他們睜大眼睛，面面相覷。

「原來如此，」他們說。「所以有時候還不錯。」

他們第一次知道這件事。他們握了握手，決定慶祝一下。

不久之後，全世界都在唱歌跳舞、吃吃喝喝，每個人都一臉歡樂。每當有人說「有時候還不錯」時，就有人會回答「就像現在一樣」。

多麼美好的一天，每個人都這麼想。

夜幕降臨，在遙遠的極地，一片白茫茫的雪地上只有企鵝探出頭來。氣溫陡降，風暴肆虐，千百萬顆星星在天空閃爍著。

企鵝抬起頭，伸了個懶腰，喊道：「就只有一次！」我忘了補上這一句，他想。

但大多數動物已經躺在桌子下面，要不然就是還在嘀咕著「有時很好」和「就像現在」，除此之外什麼也沒聽見。而少數聽到企鵝這句話的動物，也聽不懂他的意思。也許沒什麼意思，他們想。

13 夜晚以後

半夜，松鼠醒了。他是做夢了嗎？他不記得做了什麼夢，但他很害怕。他雖然不覺得冷，卻還是瑟瑟發抖，而且感覺自己的額頭和脖子上冒出了冰冷的汗珠。

他盡量保持鎮靜，仔細傾聽外面的聲音。可能是有人敲門，也可能是有人在遠處尖叫。但他什麼也沒聽到。他又躺回床上，卻再也睡不著了。他的

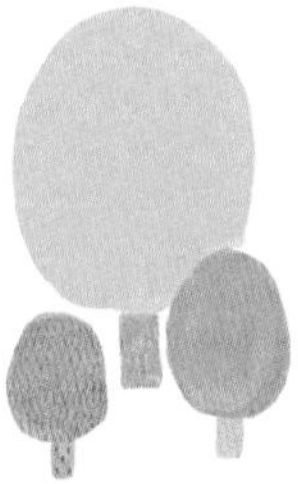

腦海中閃過無數的念頭。「應該怎麼辦？為什麼會那樣？以後會發生什麼事？」這些問題他通通無法回答，尤其是最後一個問題一直縈繞在他的腦中：以後會發生什麼事？

他將這個問題想了又想，卻想不出任何聽起來有道理的答案。什麼是「以後」？他想。他曾和螞蟻討論過這件事，但螞蟻卻聳聳肩說，他從來沒聽說過「以後」，所以應該不存在。但是，松鼠覺得這個回答不夠好。喜鵲曾告訴過他，「以後」的相反就是「以前」，但「以前」又是什麼？

這天晚上漆黑又陰暗。松鼠打開窗戶，嗅著黑暗的天空，偶爾能從厚厚雲層中看到幾許幽微的星光。

他在窗前望向夜色。我就只能是現在，他想著。也許螞蟻說得對，他繼續想，沒有「以後」這回事。但「沒有」的相反是什麼：究竟是「有」還是「沒有」？有「以前」這種東西嗎？還有啊，當每個人好像都睡著了的時候，他為什麼睡不著？

他深深地嘆了一口氣。隨著他嘆出的氣息，山毛櫸樹上的一片葉子被吹到了空中。他聽見樹葉發出沙沙的聲響，飄向遠方。

我就只能是現在，他又想。我從來不是「以後」，也永遠不會成為「以前」。雖然他跟不上自己的想法，因為這些想法總是比他自己更有智慧，但他又感覺自己漸漸滿足了。他回到床上，蓋上被子，說道：「我就只能活在現在。」然後就睡著了。

14 被遺忘的土豚

土豚對自己非常不滿意，所以他寫了一封信給大家：

親愛的動物們，
你們可以把我忘記嗎？
拜託越快越好。

——土豚

每個讀到這封信的動物都嘆了口氣，點了點頭，然後開始忘記土豚。

到處都有動物都抱頭坐著，嘗試把他從自己的腦海裡趕走。

森林裡變得非常安靜。沒有人唱歌，沒有人發出嗡嗡聲、嘎嘎聲或咆哮聲，也沒有人慶祝任何事情。

時不時會有人輕輕碰了碰其他人，低聲說道：「我已經快忘記他了。」

「誰？」對方問。

「呃……就……那個……」然後一開始說話的人就再也說不下去了。

到了晚上，幾乎每個人都完全忘記了他。

但蟋蟀仍然想著他，大喊道：「我就是忘不了你！」

「忘不了誰？」青蛙叫道。

「土豚呀！」蟋蟀喊著。

「土豚，土豚……他是誰？」熊和蚱蜢問。

蟋蟀開始大聲解釋。

「哦，就是他嘛！」他們喊道。

然後每個人都想起了土豚是誰。他們想念著土豚，接著紛紛寫信給他。

親愛的土豚，

我們忘不了你。

真是抱歉。

土豚在森林邊緣的矮林中，從頭到尾讀完了每一封信。

月光燦爛下，他的眼裡湧出淚水，不知道自己該做何感想。

15 自責的刺蝟

有一次，刺猬非常後悔，於是把背上的刺全部拔了出來。

「我什麼都做不好！」他站在椴樹下瑟瑟發抖，臉色蒼白地喊道。

此時天氣嚴寒，正是深秋時節。風呼嘯著掠過光禿禿的樹枝，河裡的波浪拍打得很高。烏鴉蹲在橡樹上，深深地縮進自己的羽毛裡，松鼠則把尾巴緊緊纏在他的脖子上。

刺猬就這樣站在森林中央，手裡拿著所有的刺。

「我本來就該知道的，」他說。這句話比較像是自言自語，而不是對誰說。「我早該知道的。」

松鼠看到他站在那裡，就從門口喊道：「刺猬！你怎麼了？」

「我早該知道會是這樣。」刺猬大聲回應。

「你早該知道什麼？」

「我會走到這一步。」

「走到哪一步？」

刺猬做出了無奈的手勢。他白色的皮膚上出現了小紅點，嘴唇也變成了藍色。但他什麼也沒說。松鼠從山毛櫸上竄下來，朝他走去。

「我感覺非常後悔。」當松鼠站在刺猬面前時，刺猬說道：「更糟的是，我根本不知道自己在後悔什麼！」

「刺猬呀，刺猬，」松鼠說。「你在幹嘛呀？你這樣該怎麼繼續活下去呢？」

「就是說啊。」刺猬說。然後他低下頭，一副想要鑽進地裡的樣子。

「我從來沒見過你這個樣子。」松鼠說。

「你是指我沒有刺的樣子？」刺猬問。「還是我這麼沮喪的樣子？」

「兩者都是，」松鼠說。「還有你這麼傷心的樣子。」

「對啊，」刺猬說。「我已經很久沒有這樣了。這真是太可怕了。」

開始下雪了，松鼠邀請刺猬和他一起回家取暖。

「好。」刺猬說。

他們在松鼠的家裡喝著甜茶，外面開始下起暴風雪。天黑時，松鼠講了一個關於小石子的悲傷故事，出乎他的意料，這個故事讓刺猬心情大好。

當天夜裡，松鼠把刺一根一根重新插回刺猬的背上。

「今晚你就留在這裡過夜吧。」他說。

「真是意想不到，」刺猬露出大大的微笑說道。他躺在松鼠的沙發上，在進入夢鄉之前，他說：「也許我還沒有走到那一步。」

「好好睡吧。」松鼠說，他不再去想刺猬這麼說是什麼意思。

16 夜鶯的生日

夜鶯在一面牆壁後方慶祝自己的生日。

我真是難看死了，他想。他把頭埋進羽毛裡，覺得自己爛透了。

每當聽到有動物接近，他就喊道：「把你的禮物丟過來就好。」

他的客人們喊道：「夜鶯，生日快樂！」，然後把禮物扔到牆壁另一端，等待夜鶯打開它們。

「嗯哼，」他不斷地說。「是的，這是一個很好的禮物。謝謝。」

他把一塊塊蛋糕扔到牆壁另一端，分給大家。傍晚時分，夜鶯坐在牆壁旁，身邊全是他的禮物，而動物們則一起坐在牆的另一邊。

「我的生日派對熱鬧嗎？」他喊道。

「很熱鬧，」動物們一邊回答，一邊抹掉喙或嘴邊的餅乾屑，然後他們輕聲對彼此說著，「我們還在等喔。」他們的眼睛閃閃發光。

天完全黑了，夜鶯開始唱歌。動物們一動不動地坐著，靜靜聆聽。

夜鶯唱起太陽的歌，以前太陽曾經長出翅膀，拍打著翅膀在天空中緩緩飛過，永不落下；夜鶯又唱起月亮的歌，它在夜晚總是順著河水游動。

動物們都低下了頭。夜鶯的歌聲彷彿擁有生命，爬過牆壁，盤旋在他們的頭頂上方。

他們彷彿看見了太陽的翅膀，看見了太陽把翅膀放在某個地方卻找不回來，然後日復一日地在高空尋找，在黑暗中尋找，在世界各地尋找。即使它熾熱而絕望地尋找，卻再也找不到那雙翅膀；他們還看到月亮在河裡悠游，每晚游出河流，游到天空中，幫忙太陽找回翅膀，它游得越來越高，又是如此明亮。

突然間，歌聲嘎然而止。

「好啦，」夜鶯說。「現在我的生日派對結束了。再見。」

他再次感覺自己爛透了，於是又把頭埋進羽毛裡。

動物們向他道謝，然後他們默默地走回家。他們不時發出一聲嘆息，希望夜鶯快點再過一次生日，或者想點別的事情來慶祝。不過，世事難料，你永遠不知道會發生什麼事，他們想著，然後搖了搖頭。

17 沮喪的松鼠

松鼠坐在自家門前的樹枝上，心情低落。每當天氣不好或者一整天都沒有人路過的時候，他常常會有這種奇怪的感覺。螞蟻告訴他，這種感覺叫做「沮喪」。

天空灰濛濛的，松鼠就是無法決定要不要回到屋裡。他撿起門邊的一塊樺樹皮，開始寫信。「親愛的，」他寫道，然後他停了下來。親愛的誰？他

想著，卻想不出任何人。他嘆了口氣，繼續寫。

親愛的，

我希望我有一天……

之後他就寫不下去了。

他想，每當我感到沮喪時，就是這副模樣。不知道自己想要什麼。

一陣微風吹起，吹走了他手中的信。信飛過樹林，不見了。

松鼠又嘆了口氣。天色漸漸暗了下來。一滴粗大的雨滴落在他的鼻頭上。我想也是，松鼠想著，然後垂下了肩膀。

雖然沒有真正下起雨來，但是依然陰暗寒冷，松鼠越來越沮喪。他想著，我好像從來沒有這麼沮喪過。一瞬間，這個想法讓他得意起來，可是並沒有維持太久。

傍晚時，有一封信被風吹過來，夾在樹枝上。這八成不是給我的信，松鼠鬱悶地想。不過，他還是把信拿了過來，打開。

親愛的，

我希望我有一天也……

這是松鼠以前從未見過的潦草字跡。

他把信舉高，前後翻閱，摸著每一個字，心裡卻毫無頭緒。他看得出來，這不是鯨魚、大象、蟾蜍、燕子或蚯蚓寫的信。

這確實是一封陌生人的來信，松鼠想。他想要表達什麼呢？還有啊，「親愛的」會是誰呢？

暮色昏沉。松鼠搖搖頭。我希望我能想出一些非常特別的東西。他看了看四周。突然，他有一種感覺：這時還有一個人、一個陌生人，也希望我能想出一些非常特別的東西。

又一顆雨滴落在他的鼻頭上，接著又一顆。現在真的開始下雨了。松鼠站了起來。今天又要虛度了嗎？他想著。他決定找時間問問螞蟻，「虛度」的一天到底是什麼樣的一天，以及還有哪些其他的一天。

他回到屋子裡。然而，當他來到門口時，突然轉過身來，用盡全身的力氣大喊：「喂，有人在嗎！」

不試試看怎麼知道呢，他想。

一時間寂靜無聲。這時，遠方傳來了一個些微顫抖的聲音，好似來自大洋的彼岸：「喂，有人在喔！」

松鼠點點頭，頓時覺得不那麼沮喪了。他進了屋子，直接走向櫃子。我餓了，他想。這種感覺令人愉悅，因為最上面的架子上放著一大罐山毛櫸堅果呢。

18 天堂記

有一天，松鼠正在沙漠中行走。他口渴極了，但卻又滿足地想著：啊，至少現在我確定這裡是沙漠了。但不久之後他又想：噗，我到底來這裡做什麼？

傍晚時分，他來到一座山洞，他進去乘涼。這是一個黑暗的洞穴，有隻變色龍坐在角落裡的一張桌子旁。

「歡迎。」變色龍和藹地說。

「我快被烤焦了。」松鼠說。

「你來得正好，」變色龍說，「這裡也有歐楂果。不過你先坐下吧。」

「我不太喜歡歐楂果。」松鼠說。

「這樣啊，」變色龍說，「那也沒關係。你想來點什麼？」

「我想喝水。」

「太好啦，」變色龍說。「當然可以。你想要什麼樣的水？沸騰的水、嘶嘶作響的水、像冰雹的水、像雪一樣的水、像冰柱一樣的水，汩汩流動的水還是蒸發的水？」

「就一般的水。」

「那也行。」

變色龍穿過洞穴後面的一扇門。片刻之後，他帶著一個裝有一滴水的碗回來了。

「這是一般的水。」他說著，把碗放在松鼠面前。

「只有這樣嗎？」松鼠舔完水滴後問道。

「你想要很多很多水嗎？」變色龍問。

「要！很多很多！」松鼠說。

「哦，可能剛才我沒聽懂……」

變色龍再次從洞穴的門走出去。過了一會兒，他又回來了，但這一次，他乘著一股大海嘯，從門口湧進洞裡，把松鼠淹沒了。

「來了，很多很多的水。」變色龍在浪頭上一邊搖擺一邊說道。

松鼠把頭伸出水面，深吸了一口氣。

「好喝嗎？」變色龍問。

「好喝。」松鼠說。他潛回水下開始喝水。他不斷喝著，直到喝光了整片海嘯。

「我喝完了。」他說。

「還要再來一點嗎？」變色龍問道。

「不用了，」松鼠說。「這水真好喝。」

「你還想來點別的嗎？」

「不用了，我已經很滿足了。」

「真的不用？」

「真的不用。」

「不要來點別的東西嗎？」

「不用別的東西了。」

「也不要燉山毛櫸堅果嗎？」

「不用……呃……好吧……如果你這麼堅持的話。」

變色龍再次從門口消失，回來時端著一個盤子，盤子上鋪滿了雪，上面放著一顆燉山毛櫸果，背景是一輪滿月，用一條看不見的繩子上掛在灰藍色的天空上，還有無數的星星在月亮周圍閃爍。

「燉山毛櫸堅果來了。」變色龍說。

「哇！」松鼠說，他高興得容光煥發。

「那扇小門後面到底是什麼？」吃完山毛櫸後，松鼠問道。

「天堂，」變色龍說。「你想看看嗎？」

他把門完全打開。

「你瞧，」他說。「這就是天堂。」

松鼠看到了一座花園，花園裡有瀑布、棕櫚樹，陽光照耀，還有發出柔和光線的月亮和朦朧的白雲。

那天晚上，松鼠進入了天堂。

我得看個仔細，他想，否則我可能會忘了大半。

「天氣真好，不是嗎？」變色龍說。

「是啊。」松鼠說。

天堂裡吹著和煦的微風，下了一場細雨，而且四周陽光普照。就在沿著淺藍色湖水生長的棕櫚樹和蘆葦叢之間，有些地方開始下雪了，不時還有雷電閃過。

「很漂亮吧？」變色龍說。

「是啊。」松鼠說，他跟在變色龍後面。

「哎呀。」他突然說道，松鼠好像踩到了什麼東西。

「一朵薊花，」變色龍說。「真糟糕。你哪裡會痛嗎？」

「沒有。」松鼠說，但他對天堂裡面竟然有薊花感到失望。

之後，他被一塊不起眼的小石子絆倒，又掉進一叢晃動的蕁麻裡，不久

後他就開始想要回家了。

「可以啊，」變色龍說。「你家就在那個轉角處。」

松鼠走過一個急轉彎，突然發現自己又回到了樹林裡。

啊，好吧，他想，反正螞蟻也不會相信我。我什麼都不會說的，但我卻曾到過天堂！不是嗎？

他動身回家。現在已經是深夜，還沒到家，他就已經睡著了。

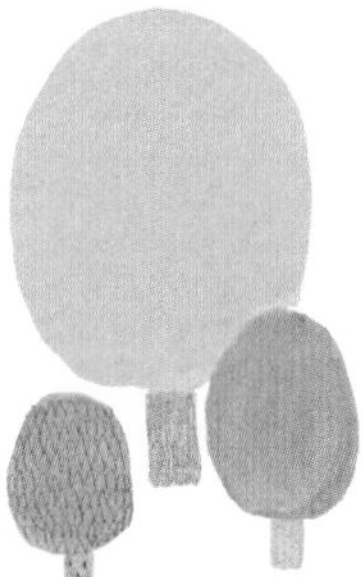

NOTE

POST

HEART
心|視野　心視野系列 132

你好嗎？

18 則關於自我認同與人際關係的動物童話

Een hart onder de riem

作　　　者　敦・德勒根 Toon Tellegen
譯　　　者　郭騰傑
繪　　　者　김소라（Sora Kim）
封面設計　Dinner Illustration
內文排版　許貴華
責任編輯　洪尚鈴
行銷企劃　蔡雨庭・黃安汝
出版一部總編輯　紀欣怡

出　版　者　采實文化事業股份有限公司
業務發行　張世明・林踏欣・林坤蓉・王貞玉
國際版權　施維真・劉靜茹
印務採購　曾玉霞
會計行政　李韶婉・許俽瑀・張婕莛
法律顧問　第一國際法律事務所　余淑杏律師
電子信箱　acme@acmebook.com.tw
采實官網　www.acmebook.com.tw
采實臉書　www.facebook.com/acmebook01

I S B N　978-626-349-533-3
定　　　價　360元
初版一刷　2024年1月
劃撥帳號　50148859
劃撥戶名　采實文化事業股份有限公司
104台北市中山區南京東路二段95號9樓
電話：(02)2511-9798　　傳真：(02)2571-3298

國家圖書館出版品預行編目資料

你好嗎？: 18 則關於自我認同與人際關係的動物童話 / 敦 . 德勒根 (Toon Tellegen) 作 ; 郭騰傑譯 . -- 初版 . -- 臺北市 : 采實文化事業股份有限公司 , 2024.01

面 ;　公分 . -- (心視野 ; 132)

譯自 : Een hart onder de riem

ISBN 978-626-349-533-3(平裝)

881.6596　　112019295

采實出版集團
ACME PUBLISHING GROUP

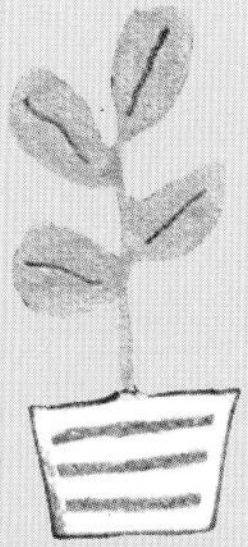